Diogenes und die bösen Buben von Korinth

Wilhelm Busch

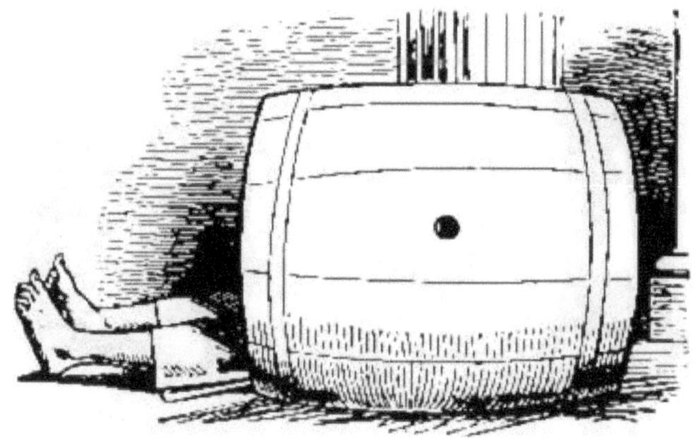

Nachdenklich liegt in seiner Tonne
Diogenes hier an der Sonne.

Ein Bube, der ihn liegen sah,
Ruft seinen Freund; gleich ist er da.

Nun fangen die zwei Tropfen
Am Fasse an zu klopfen.

Diogenes schaut aus dem Faß
Und spricht: »Ei, ei, was soll denn das?«

Ganz schwindlich wird der Brave. –
Paßt auf! Jetzt kommt die Strafe.

Zwei Nägel, die am Fasse stecken,
Fassen die Buben bei den Röcken.

Die bösen Buben weinen
Und zappeln mit den Beinen.

Da hilft kein Weinen und kein Schrein,
Sie müssen unters Faß hinein.

Die bösen Buben von Korinth
Sind plattgewalzt, wie Kuchen sind.

Diogenes der Weise aber kroch ins Faß
Und sprach: »Ja, ja, das kommt von das!!«